RÉPLIQUE

de Revel père,

à un Ecrit ayant pour titre :

RÉPONSES DE MM. BEJOT ET BÉCHENEC,

au Pamphlet de M. Revel père.

RÉPLIQUE

de Revel père,

à un Ecrit ayant pour titre :

RÉPONSES DE MM. BEJOT ET BÉCHENEC,

au Pamphlet de M. Revel père.

LA VÉRITÉ ressemble à une source intarissable dont les eaux, parcourant un sol incliné, renversent ou débordent les obstacles qu'on leur oppose.

Qui méconnaît sa puissance, peut s'engager dans des voies sans issues, élever des édifices sur des bases sans solidité, fonder sur l'artifice des projets de fortune.

Cette erreur est souvent causée par les besoins de la vanité.

LA VANITÉ produit sur l'esprit humain les mêmes effets que l'indigence; elle conduit à des entreprises audacieuses, dont les combinaisons ne s'accordent pas toujours avec les règles de l'équité, de la morale et de la bienséance.

Blessé dans mon repos, dans mes affections et dans mes intérêts, j'ai publié des observations sur les projets dirigés par M. de Béchenec, *ex-directeur de l'Institut agricole de Coëtbo.*

J'ai transcrit ce qui établissait la preuve de ces projets, ainsi que des manœuvres qui ont détruit à cette fin la position assurée par des conventions à l'un de mes enfans.

Pour me répondre, MM. Béjot et Béchenec se partagent les rôles.

Les chiffres sont attribués à M. Bejot.

M. de Béchenec s'est réservé la morale !

Cet écrit, en partie double, est précieux. Les insinuations, répandues d'abord secrètement, sont maintenant en évidence ; les erreurs ne tarderont pas à être dissipées. La tâche est d'autant plus facile, que les bases sont fixées ; que mon genre d'amour-propre, à moi, consiste à ne m'exposer jamais à être convaincu de mensonge. Quand j'affirme un fait, quand j'énonce un chiffre, j'ai les actes et les preuves à l'appui.

Quiconque a lu l'écrit auquel je réponds, aura pu croire que MM. Bejot et Béchencc ont obtenu quelques décisions favorables, devant les tribunaux, sur les choses qui nous divisent. Il n'est bien de tromper les autres, ni d'égarer leur opinion.

Jusqu'ici ces Messieurs ont éludé tout jugement au fond. Le tribunal de Guingamp s'est déclaré incompétent par un motif *improuvé par la Cour royale.*

Un autre motif a déterminé la Cour à admettre l'incompétence. Ce nouveau motif fut l'effet d'une erreur ; c'est-à-dire de la supposition que j'étais l'associé de M. de Béchenec ; qu'il s'agissait de *contestations entre associés* ; contestations qui, dans ce cas, devaient être jugées par des arbitres.

La consultation de M. Aulanier, critiquée par M. de Béchenec, explique l'état des choses. Un extrait de cette consultation est, sous le n° 1, à la suite de ma présente réponse.

Pour celui qui connaît le fond des choses, ainsi que ces Messieurs m'obligent à le rappeler, leur écrit est la révélation d'une grande détresse. Le genre d'attaque auquel je résiste m'en avait donné le pressentiment ; ce pressentiment était fondé sur l'expérience qui me fait porter jusqu'à la superstition l'idée que Dieu protège ma famille contre ces sortes d'entreprises.

Le plan de MM. Ed. Bejot et de Béchenec sera plus facile à saisir, lorsqu'il sera dégagé de la confusion qu'on a voulu établir entre les hommes, les choses et les circonstances.

Le père de M. Ed. Bejot est un homme de haute capacité en affaires ; et qui a le mérite d'être le créateur de sa fortune. Il connaît les hommes, les formes qui les rapprochent et celles qui les éloignent ; il sait, mieux que Monsieur son fils, tout ce qui a précédé la seule affaire que j'aie traitée avec ce dernier, et dans laquelle M. de Béchenec fut introduit, au grand préjudice de toutes les parties intéressées.

C'est pourquoi M. Ed. Bejot se trompe sur les époques et sur les résultats, comme il se trompe sur son obligeance à mon égard ; obligeance dont je n'ai pas eu l'occasion de rencontrer la preuve.

Je ne suis pas assez étranger à ce qui le concerne pour ignorer les spéculations particulières de M. Ed. Bejot, durant mes relations avec Monsieur son père ; mais je n'ai eu aucune part directe ni indirecte à ces spéculations particulières de M. Ed. Bejot ; elles m'ont seulement appris qu'il ne faut pas confondre le père avec le fils.

Les circonstances actuelles me confirment douloureusement cette vérité ; je dis douloureusement, car je suis loin d'éprouver de la haine pour aucun des membres d'une famille avec laquelle mes relations remontent à une époque bien plus reculée que ne le suppose M. Ed. Bejot, qui les fait naître seulement en 1823.

En effet, ouvrant mes livres, à la date du 8 décembre 1819, j'y vois (par suite de relations antérieures), un versement fait par moi à Monsieur son père, de 21,862 fr. 75 c., sur le compte d'une affaire en participation dans le département des Ardennes.

Je vois que cette somme était le produit d'une vente, par le ministère de Monsieur son père, en sa qualité d'agent de change, d'une inscription de 1,000 fr. de rentes sur l'Etat, et de 10,000 fr. de reconnaissances de liquidation. Ces reconnaissances de liquidation portaient les nos 7779-52787-52788-52789-52790 et 53905.

Je pourrais établir, avec le même détail et la même précision, la preuve que trois opérations seulement m'ont produit un bénéfice légitime de près d'un million.

Je n'ai rien dissipé. Or, si quelque chose manque de ce que j'ai bien acquis, je dois en opérer la recherche, en suivant la voie que MM. Bejot et Béchenec m'ont tracée, d'accord avec M. de Faudoas.

Encouragés par une facilité qui peut être critiquée, mais que la morale excuse et que la loi protège, ces Messieurs avaient conçu la pensée de me réduire, en leur faveur, au *tiers consolidé.*

« *En liquidant amiablement, il vous restera* 300,000 *fr.,* » disait M. de Faudoas, par sa lettre du 23 décembre 1837, faisant suite à celle du 7 mai, que j'ai rapprochée des combinaisons et des faits de MM. Bejot et Béchenec.

Liquider amiablement, c'était dire :

1° A l'égard de M. de Faudoas, lui payer, en capital, au-delà de ce qu'il m'a réellement prêté......... 160,000 fr.

Lui attribuer, pour intérêts de ce capital, que je n'ai reçu ni pu recevoir............. 175,000
____
335,000 fr.

2° A l'égard de M. Bejot, renoncer à la valeur des quarante-six actions qui m'ont été données *pour complément du prix de mes bois*, par la raison qu'elles sont dénaturées par des combinaisons particulières, en dehors des traités qui m'ont attribué ces actions ;

Renoncer encore à la clause par laquelle M. Bejot s'est obligé, le 2 septembre 1836, pour lui et Monsieur son père, à la révision et au *réglement définitif* du compte au sujet duquel je demande une restitution de 200,000 francs sur les 662,000 fr. laissés dans ses mains, sous cette condition.

3° A l'égard des projets dirigés par M. de Béchenec (lesquels sont expliqués par sa note du 11 juin 1837), donner pour 700,000 fr., dont le chiffre est reproduit par la lettre de M. de Faudoas, du 26 avril 1838, ce dont M. de Béchenec avait d'abord offert un million, au minimum.

Dégageons encore le plan de M. Ed. Bejot de quelques assertions faisant suite à ses erreurs de dates.

D'abord, on ne comprend pas comment un acquéreur *à réméré* pourrait être exproprié par son vendeur, si ce n'est par un remboursement de la part de ce dernier. Or, la conséquence n'est pas d'accord avec l'assertion, relativement aux bois de Pont-Kallec, que j'aurais, dit M. Ed. Bejot, acquis à réméré de M. de Malestroit, avec lequel je n'ai d'ailleurs jamais traité d'aucune chose directement.

Ensuite, la famille de M. Ed. Bejot n'aurait gagné que 55,000 fr., *suivant mes calculs*, et 38,000 selon les siens, dans l'affaire des superficies de Coat-an-Hay !

Les assertions de M. Ed. Bejot tendraient donc à faire croire que j'ai faussement énoncé le chiffre de 453,000 fr., attribué comme prime à Monsieur son père et à Monsieur son beau-père, pour *leur intervention et leur solidarité dans mon acquisition*; elles tendraient donc à faire supposer que j'ai dit faussement que cette prime de 453,000 fr. fut ajoutée, à leur profit et à ma charge, au prix réel de mon acquisition !

De telles assertions sont imprudentes. Elles provoquent la question de savoir si cette prime était licite; si cette addition de 453,000 fr., sous la forme d'un achat en commun et d'une revente, le même jour, au même instant, dans le même lieu, ne serait pas considérée comme une usure déguisée.

Dans ce cas, le compte courant et d'intérêts, selon l'avis de plusieurs jurisconsultes, n'aurait porté ma dette qu'à 175,000 fr., pour solde de l'acquisition de ces bois, lorsqu'on la supposait à 662,000, et qu'elle n'était, suivant moi, que de 487,000, *y compris la prime de 453,000 fr.*

M. Ed. Bejot a-t-il suffisamment réfléchi aux conséquences d'un calcul par lequel, après avoir reçu plus de 700,000 fr., au sujet d'un paiement de moins de 700,000 f., on se dit encore créancier de près de 700,000 fr., après un laps de dix ans, dont le *terme moyen* est de cinq ans ?

Pourquoi aurais-je fait gagner à d'autres 453,000 fr., en portant au prix de 903,000 fr., à ma charge, ce qui n'était à leur charge que pour 450,000 fr. ?

C'est parce qu'ils devaient avancer de l'argent ; c'est qu'il s'agissait d'une grande masse de bois, destinés principalement à être livrés à la marine, suivant ses commandes ; qu'ainsi les retards étaient nécessairement prévus de mon côté.

C'est parce qu'ils étaient prévus, que, pour 450,000 fr., *valeur du jour de l'achat*, je m'obligeai à payer 903,000 fr. dans le cours de dix ans.

Le terme moyen de mon engagement était donc d'environ cinq ans.

Or, en déduisant l'intérêt de cinq ans de cette prime de 453,000 fr., j'attribuais encore aux prêteurs, au-dessus de l'intérêt des avances qu'ils pourraient faire, un profit pouvant être considéré comme usuraire de plus de 300,000 fr.

Le retard de mes exploitations, effet de la cessation des commandes de la marine, n'a diminué en rien ces résultats pour eux ; car l'intérêt de ce retard leur a été payé en sus de la prime de 453,000 fr.

Il leur a été payé même sur le montant de la prime, qui restait *l'unique objet de mon compte*, lorsque j'ai laissé aux mains de M. Bejot 662,000 fr., sur lesquels je réclame une restitution de 200,000 fr. en capital et intérêts.

Il est évident que, en 1836, M. Ed. Bejot n'avait et ne pouvait avoir, à mon égard, d'autre préoccupation que de réaliser le profit que j'avais attribué à sa famille au mois de janvier 1826.

Il est encore évident que ce profit se trouvait réalisé, en capital et intérêts, par la convention du 1er juillet 1836.

Par conséquent, il n'est ni vrai ni vraisemblable qu'il ait été question, entre nous, *à la fin du même mois de juillet* 1836, de tout ce que M. Ed. Bejot suppose avoir été l'objet de pourparlers entre lui et moi, et avec M. Destrez, expert de Boulogne.

L'invraisemblance de ces suppositions est d'autant plus frappante, que M. Destrez n'est venu à Coat-an-Nos, avec M. Bejot, que pour l'objet spécial du traité qui était conclu à Paris dès le 28 mai 1836 ; que ce traité est devenu définitif par acte du 1er juillet suivant ; qu'après ce dernier acte, M. Destrez est parti immédiatement, avec M. Bejot, pour Paris, d'où M. Bejot m'a écrit les 18 et 27 du même mois, dans les circonstances que lui rappellera *mon pamphlet,* page 11.

D'autres circonstances vont prouver que M. Ed. Bejot ne manifestait pas alors l'idée *d'adopter le pays.*

M. Ed. Bejot ne manifestait pas l'idée *d'adopter le pays* par des acquisitions, à l'époque des dispositions que je vais rappeler à sa mémoire.

1° D'après nos conventions, j'acquérais, non la forêt de Coat-an-Hai, mais plutôt le droit de désigner un acquéreur pour cette propriété dont il ne me convenait pas d'être chargé moi-même. *En considération de mes engagemens à ce sujet, pour la convenance de M. Ed. Bejot,* il s'obligea (en faveur de la société dont le quart des profits m'était donné en paiement) de me fournir personnellement douze actions de cette société pour compléter le nombre de quarante-six actions, dont trente-quatre seulement restaient à la charge de la société;

2° Par le traité provisoire du 28 mai 1836, je laissais à ce sujet, dans ses mains 192,500 fr., et devenais en outre créancier de 140,844 fr., *dont je devais être payé, avec les intérêts à 5 p. 100, à des époques déterminées :*

3° Par celui du 1er juillet 1836, je lui laissais seulement, à ce sujet, 42,500 fr., et je devenais créancier seulement de 99,603 fr., *qui devaient m'être payés, avec intérêts à 4 p. 100, dans le délai de six mois.*

La différence s'explique par les nouvelles dispositions qui m'attribuèrent le quart des profits de l'opération, pour complément de mon prix.

4° Ensuite, *en considération de mon consentement à ce que M. Ed. Bejot gardât les* 99,603 *fr., que d'abord il devait me compter dans six mois,* le prix de location de mon usine fut augmenté de 1,000 fr. par an.

C'est donc alors seulement que ce prix de location fut porté à 8,000 fr. !

Voilà quelques renseignemens, en attendant mieux, sur l'objet du roman de MM. Ed. Bejot et de Béchenec.

Deux choses apparaissent principalement dans ce roman, savoir :

1° Une importance affectée qui semble se rattacher à des idées ambitieuses;

2° Le sentiment des conséquences pécuniaires pouvant résulter d'erreurs commises au sujet de ces idées.

N'est-ce pas au sujet de ces idées que M. Ed. Bejot se livra à l'ancien agent de l'une de nos célébrités en spéculations ?

N'aurait-il pas trop compté sur l'art de faire mousser les affaires, combiné avec l'espoir de quelque patronage auprès des agens du pouvoir?

Les circonstances qui se rattachent à ces idées n'offrent-elles pas quelque coïncidence avec la faculté de violer les lois d'une manière si remarquable, dans ma propriété?

Quoi qu'il en soit, M. Ed. Bejot, pour se donner plus d'importance, a trouvé très-ingénieux de rabaisser ma position! Je n'ai pas l'intelligence nécessaire pour comprendre ce qu'il peut y avoir en cela de favorable pour lui.

D'abord, je pense que l'homme est d'autant plus riche que ses besoins sont moins grands. Les seules choses que les hommes de mon âge ne peuvent supporter sont l'injustice et le privilége. Les restes de la génération qui a conquis l'égalité devant la loi, considèrent tous les genres de faveur et d'arbitraire comme opposés au repos, à la prospérité du pays et à la considération qui est due à son Gouvernement.

Ensuite, je ne peux voir dans un tel moyen de s'attribuer de l'importance, qu'une inconséquence très-grave, en présence de mes démonstrations qui ne sont pas contredites.

En effet, que répondent MM. Bejot et Béchenec, relativement aux calculs par lesquels j'ai prouvé qu'*en suivant la direction donnée aux affaires, en opposition avec les traités que j'ai souscrits*, la totalité de l'actif se trouvera nécessairement absorbé par les intérêts du passif et les frais de gestion?

Je sais bien que la ruine de l'opération qui fut l'objet des traités avec moi, est le résultat d'un calcul; qu'en faisant disparaître le gérant, pour s'emparer de la gestion, on a voulu faire disparaître l'actif, réaliser à tout prix et réduire en fausse monnaie les actions bénéficiaires. Mais la nature de l'actif auquel s'applique ce calcul ne permet pas de l'accomplir sans courir les risques de réaliser ce proverbe : *Qui mal veut, mal lui arrive!*

Or, ils ruineront tout, et ils n'en profiteront pas !

Ils conviennent de ce qu'ils ne peuvent contester; il entre même dans leurs vues d'en convenir; mais ils préparent leurs défenses contre mes réclamations, en disant qu'ils m'offrent une compensation de 152,000 fr., savoir :

80,000 fr. par la destruction de mon usine;

72,000 fr. par une grossière attaque contre la probité de mon fils, au sujet de la location de cette usine, pour le dédommager d'un indigne abus de sa confiance.

Je savais bien que tel était leur moyen de prévenir, contre mes réclamations, ceux qui n'ont aucun intérêt personnel à les approfondir.

Laissons dire un moment, et comptons suivant leurs désirs et leurs provocations.

Les calculs que j'ai présentés n'étant contestés ni contestables, il en résulte que l'opération la plus simple, la plus sûre, la plus avantageuse dans son principe, est conduite à ce point que, loin d'avoir amorti la moindre chose avec le produit des bois, le passif s'est élevé de 800,000 fr. à près de 1,000,000 fr.; que, dans cette position, tout le reste des moyens d'amortissement, quelle que soit son importance, sera successivement absorbé par les fausses opérations, par l'intérêt annuel du passif et par les charges dont l'esprit anti-commercial aurait environné l'opération.

Si l'état de choses subsiste, on peut donc prévoir la perte totale de ce passif de près de................. 1,000,000 fr.

D'un autre côté, si la question provoquée par M. Ed. Bejot faisait considérer la prime de 453,000 fr. que j'ai payée, comme une usure déguisée, pour les 300,000 fr. qui excèdent l'intérêt des sommes avancées; alors, au lieu de 200,000 fr. que je réclame, en capital et intérêts, sur les 662,000 fr. que j'ai laissés aux mains de M. Bejot, ce serait environ 500,000 fr. qu'il aurait à me restituer. Mais portons seulement ici l'objet de ma demande.................................. 200,000

Dans tous les cas, M. Bejot se trouve solidaire de la valeur de mes quarante-six actions dénaturées par ses combinaisons avec M. de Héchenec, et pour lesquelles je réclame (au lieu de 100,000 fr. calculés par ce dernier). 200,000

TOTAL dont M. Bejot aurait à soutenir le poids............................... 1,400,000

Enfin, il aurait à subir toutes les conséquences des autres infractions aux traités, selon les réserves exprimées dans mon exposé au tribunal de commerce de Guingamp.

Alors, on pourrait comprendre la position où son ardeur et sa précipitation auraient entraîné M. Ed. Bejot, quelle que soit la fortune de Monsieur son père!

Je ne suis pas à même d'apprécier le point d'appui que lui

présenterait M. de Béchenec, dans la qualité de gérant responsable qu'il s'attribue. Je n'ai eu d'autres communications à son sujet, qu'un bordereau d'inscriptions hypothécaires, délivré à Ploërmel, et montant à 372,981 fr. 70 c.

Maintenant, voici les explications provoquées par MM. Ed. Bejot et de Béchenec, relativement à ma position personnelle:

Sur mes usines et dépendances, que M. Bejot place au premier rang en Bretagne, je dois seulement. .   26,000 f. »

Sur ma forêt de Coat-an-Nos, je reste débiteur, envers mes vendeurs, de.   50,000   »

TOTAL. . . . .   76,000 f. »

Une faible partie de mes valeurs mobilières, dont le recouvrement est négligé, suffit pour éteindre cette somme de 76,000 fr. La négligence est forcée par les embarras que me causent les spéculations de M. Bejot avec M. de Béchenec.

Dans les valeurs mobilières dont je viens de parler, je ne comprends pas l'objet des demandes et réserves portées devant le tribunal de Guingamp.

Je prétends faire radier toutes autres hypothèques sur mes propriétés. Mon droit s'explique en peu de mots.

M. de Faudoas m'avait prêté personnellement 30,000 fr., objet d'une obligation devant Mᵉ Gondoin, notaire à Paris, du 13 novembre 1826. Cette obligation est compensée, en capital et intérêts, par deux quittances de paiemens faits les 27 juin et 31 octobre 1827, par l'intermédiaire de M. Bejot père.

M. de Faudoas ne m'a jamais prêté, par ailleurs, que les

fonds à revenir de la liquidation de la société qui a existé entre lui et moi depuis 1818 jusqu'en 1822.

Par aperçu, il avait compté sur 360,000 fr. à lui revenir de cette liquidation. Il me les avait délégués contre mon obligation de pareille somme.

Mais sa délégation n'est pas accomplie, et ne pouvait pas s'accomplir, par plusieurs raisons :

La première, c'est que, après les prélèvemens que M. de Faudoas avait déjà faits sur l'actif de cette société, la totalité des créances, bonnes et mauvaises, composant le reste de l'actif, ne s'élevait pas à cette somme de 360,000 fr.!

La deuxième, c'est que je n'ai pas recouvré, en effet, au-delà de 200,000 fr. sur ces valeurs, et que le reste des titres non recouvrés sont aux mains de M. Hue, avocat à Paris, qui a la confiance de M. de Faudoas, comme la mienne.

Or, M. de Faudoas ne m'a réellement prêté, par cette délégation, que 200,000 fr., que je lui ai rendus en capitaux, outre les intérêts, ainsi qu'il suit :

86,000 f. », suivant quittance du 11 novembre 1824.
14,000 », suivant quittance du 19 du même mois.
50,000 », suivant quittance du 28 décembre 1825.
50,000 », suivant quittance du 26 mars 1826.
____
200,000 f. »

Au-delà des 200,000 fr. ci-dessus, qui constituent le seul produit recouvré par moi sur l'objet de sa délégation, je lui ai compté, suivant autres quittances (dont une partie par l'entremise de M. Bejot), environ 230,000 fr.

Cet excédant de mes remises sur mes recouvremens, est plus que suffisant pour compenser :

    140,000 f. » , qu'il aurait versés à **M.** Bejot père, à ma décharge ;

    50,000 » , qu'il posséderait, aux droits de mes vendeurs.

    190,000 f. »

On me dirait que **M.** de Faudoas a des actes exécutoires qui n'expriment pas cela.

Je répondrais que j'ai des explications, avec sa signature, conformes à ce que je dis ; or, que si **M.** de Faudoas abusait de ses titres, il pourrait subir les conséquences de cet abus.

C'est sur la puissance des actes aux mains de **M.** de Faudoas qu'on avait compté pour précipiter la réalisation des projets dont la direction fut confiée à **M.** de Béchenec.

C'est par l'effet d'une confiance excessive dans le succès de ces projets que **M. Ed.** Bejot fut proclamé d'avance propriétaire de ce qui m'appartenait; que de nouvelles entreprises furent annoncées sous son nom, et en cette qualité ; que **M.** de Béchenec s'annonçait comme son cointéressé à ce titre ; etc. Dès lors ils ont agi en maîtres, parce qu'ils regardaient la propriété comme devant leur revenir à vil prix ; ils ont voulu hâter le temps. Tel est le vrai motif des destructions et des changemens qu'ils ont opérés, et non le mauvais état dans lequel ils supposent avoir trouvé mon haut-fourneau, dont la cuve et toute la masse avaient été rétablies à neuf à la fin de 1831. Telles étaient leur espérance et leur ardeur, qu'ils ne se considéraient plus comme locataires, et qu'ils n'ont tenu aucun compte des clauses du bail.

Maintenant M. Ed. Bejot me semble avoir compris la position dans laquelle l'ont placé ses combinaisons avec M. de Béchenec, et il voudrait pouvoir en attribuer les conséquences probables à ses traités avec moi et avec mon fils.

Il voudrait se présenter comme ayant été victime de la nécessité de couvrir une créance, tant bien que mal, vis-à-vis d'un homme *dont la position devenait de plus en plus précaire.*

Cela est vraiment pitoyable en présence des actes, des faits et des choses en évidence.

Rappelons donc ici :

1° Que sa créance était composée exclusivement de la prime de 453,000 fr., que j'avais attribuée à sa famille, et d'une partie des intérêts attachés à cette prime;

2° Qu'il achetait des bois pour un million ;

3° Que j'en possède encore, au-delà, pour une valeur de 2 à 300,000 fr.;

4° Que la partie cédée en société fut d'abord acquise par MM. Bejot, sous la condition d'un rabais de 80 p. 100 sur la valeur de ces bois ; c'est-à-dire sous la condition que les bois cédés au prix de 2,000 fr. l'hectare, seraient reconnus valoir au moins 3,600 fr. l'hectare, par un expert à leur choix. Ce fut la principale condition du traité fait à Paris le 28 mai 1836.

C'est pour cette expertise que M. Destrez, de Boulogne, vint à Coat-an-Nos, avec M. Bejot; c'est cette expertise qui a produit le traité définitif du 1er juillet 1836.

L'expert de Boulogne avait opéré concurremment avec le maître exploiteur actuel. Ils se sont trouvés d'accord. Voici la copie de la note *au crayon* qui m'a été remise à ce sujet; note que je communiquerai à toute réquisition. Elle constate qu'il y avait, terme moyen, par hectare, savoir :

A *Coat-an-Hai*.

6028 pieds cubes hêtre, que M. de Béchenec dit vendre à 60 cent. .... 3,616 fr. 80 c.

312 pieds cubes chêne, que M. de Béchenec dit vendre à 1 fr. 25 c......... 390 » »

80 cordes de bois, à 6 fr. la corde....... 480 » »

4,486 fr. 80 c.

A *Coat-an-Nos*.

4160 pieds cubes de hêtre, comme dessus, à 60 c. .... 2,496 fr. » » e.

640 pieds cubes de chêne, comme dessus, à 1 fr. 25 c..................... 800 » »

70 cordes de bois, à 6 fr. la corde...... 420 » »

3,716 fr. » » e.

Les quantités de bois vendues, dans l'une et l'autre forêt, étant à peu près égales, il en résulte que l'expertise attribuait à ces bois une valeur moyenne de 4,000 fr. par hectare.

4,000 fr. par hectare et pour plus de 460 hectares, devaient donc produire 1,840,000 fr.

La cession n'a donc pas été trop avantageuse pour moi, au prix de 804,000 fr., plus un quart des profits de l'opéra-

Non content de ces insinuations, M. Bejot voudrait encore se présenter comme une victime intéressante d'une surprise, au sujet d'une petite partie de ces bois, qui lui sert de prétexte pour attaquer à la fois ma probité et celle de mon fils.

Voici ce que contient l'écrit de M. Bejot :

« Mais avant de passer outre, je veux rapporter ici ce qui » s'était passé dans le marché de ces bois.

» Dans l'examen que nous avions fait avec l'expert, il y » avait une partie appelée le Guernisquit, estimée à raison » de 2,000 fr. l'hectare, et dans laquelle on ne trouvait que » 35 hectares.

» *Sachant* que cette partie se composait de quarante-deux » hectares, dont sept se trouvaient séparés du reste par un » chemin, je demandai à l'arpenteur, en présence de M. Re- » vel, pourquoi il n'avait pas compris ces sept hectares.

» Il me répondit qu'il n'avait pas reçu d'ordre ; et sur ce- » lui que je lui donnai, il alla le lendemain arpenter cette » portion omise.

» Nous l'ajoutâmes alors aux trente-cinq hectares, au » même prix de 2,000 fr. l'hectare, et le tout compléta le » marché, au prix total de 804,000 fr.

» Mais quel fut mon étonnement lorsqu'au mois d'août sui- » vant je revins à Coat-an-Nos, d'apprendre de M. Revel » fils que plus des neuf dixièmes de ces sept hectares étaient » exploités par son père, quand ils avaient été compris pour » 14,000 fr. dans mon prix d'achat, et qu'il ne restait pas de » bois dessus, en tout, pour une valeur de 1,000 fr.

» M. Revel fils répondit à mes reproches que, s'il ne m'a-

» vait pas prévenu plus tôt, c'est qu'il ne lui appartenait pas
» de contrôler les actes de son père.

» J'exprimai toute mon indignation, mais c'était inutile;
» j'avais signé et il n'y avait pas à revenir.

» Mais l'épithète à donner à une pareille action ne me fut
» pas difficile à trouver. Elle ne le sera pas davantage pour
» ceux qui me liront. »

Ma réponse à cette calomnie sera puisée, 1º dans une
lettre de M. Ed. Bejot, du 26 septembre 1836; 2º dans les
actes antérieurs; 3º dans les comptes courants. Alors l'épithète à donner à l'accusation ci-dessus ne sera pas plus difficile à trouver pour ceux qui me liront, que ne l'eût été l'action qu'il plaisait à M. Bejot de m'imputer.

D'abord M. Ed. Begot *ne connaissait pas* plus que moi la
contenance de la partie de Coat-an-Hai nommée le Guernisquit. Or, ce n'est point parce qu'il savait la contenance
de cette partie, dont trente-cinq hectares étaient mesurés,
qu'il *ordonna* de mesurer le reste.

Ensuite je ferai remarquer, 1º qu'il était moins disposé à
dénaturer les faits lorsque, le 26 septembre 1836, il accu-
sait seulement sa légèreté, en me rappelant qu'après avoir
visité d'autres bois avec M. Destrez, son expert, il raconte
ce qui suit :

« Nous revînmes par la route du Guernisquit; nous en-
» trâmes, avec M. Destrez, dans la partie déjà entamée par
» vous, et, nous contentant de faire quelques pas le long de
» la rivière, nous crûmes voir qu'il y avait une certaine
» quantité de chênes, et, par une légèreté incroyable, nous

» fîmes comprendre dans le lot, à 2,000 fr. l'hectare, *les sept*
» *he cares que vous-même n'aviez pas voulu faire arpenter !*

» Vous pouvez dire, jé le sais, que cela a été une considé-
» ration déterminante pour vous, etc. »

Enfin, M. Ed. Bejot convient de la manière la plus posi-
tive, dans cette lettre, que l'objet de ses plaintes procède exclusivement de son fait et de sa volonté ;

2° Que, par la même lettre, il reconnaît que les bois coupés par moi, dans cette partie du Guernisquit, ont été livrés
à la société. Alors je demanderai de quelle somme la société
a crédité mon compte courant, pour ces livraisons qu'elle ne
m'a pas payées ?

La solution de cette question est un moyen infaillible de
savoir s'il est vrai que j'eusse coupé les neuf dixièmes de cette
partie de sept hectares comprise dans ma vente. De deux
choses l'une : vous me devez la valeur de ces neuf dixièmes
de bois que je vous ai livrés en totalité, ou bien vous en avez
imposé au public !

Je vous ai livré la totalité des bois coupés là par mes ouvriers, et vous m'en devez la valeur, parce que nos stipulations m'ont réservé tous les bois qui se trouvaient alors abat-
tus dans les parties cédées ;

3° Que, dans cette partie de forêt, *il n'avait pas été coupé
un seul arbre* par mes ouvriers ; mais seulement une partie
des saules et autres menus bois de cette espèce, dont le reste
fut immédiatement coupé par mes acheteurs pour faire du
charbon ; que cette partie de forêt était telle que, suivant
son système, MM. Bejot me l'auraient vendue dix ans au-
paravant, et avec l'accroissement résultant de ce laps de

temps, accroissement qui aurait donc profité à MM. Bejot, en même temps que l'intérêt de leur valeur.

Mais ce n'est pas tout : j'ai fait visiter cette petite partie du Guernisquit, où mes acheteurs ont achevé, à leur profit, la coupe de taillis que j'avais commencée; où ils ont vendu beaucoup de hêtres pour sabotage, à raison de 11 fr. 50 c. l'arbre, non compris les branches; où ils ont coupé, pour d'autres usages, des arbres de bien plus grosses dimensions. Après toutes ces exploitations, il existait encore sur pied, le 16 juin 1839, dans cette petite partie du Guernisquit, 645 arbres dont une grande partie valent de 25 à 30 fr. l'un.

C'est là que M. Bejot affirme que, lors de ma cession, en 1836, il ne restait pas de bois en tout pour une valeur de mille francs! Pourquoi donc M. Bejot affirme-t-il qu'il n'y avait pas de bois en tout pour une valeur de mille francs? Après cela, croyez à M. Ed. Bejot et à ses assertions!

Après cela, croyez qu'il dit vrai et que ses conséquences sont bien établies quand il prétend :

Qu'il avait un acte de société en commandite avec date en blanc, non enregistré et non publié; qu'il le fit dater, enregistrer et publier; qu'il ne m'appela point, parce que je n'avais plus aucun intérêt dans l'affaire et que j'y étais totalement étranger; que l'acte ayant été remis en blanc, on lui avait par là donné un mandat tacite pour le remplir; que, s'il eût fallu revenir à moi, ce n'eût pas été la peine de le préparer d'avance; que cette date, laissée en blanc, n'avait d'autre but que de le mettre à même, lui seul intéressé, de régulariser, sans mon consentement, un acte dont la forme avait été, dans la transaction, à son unique disposition!

Dans cet exposé, on retrouve toujours les idées dominantes et qui consistent à s'attribuer de l'importance au préjudice des autres ; à obliger les autres, sans s'obliger envers eux ; à supprimer les circonstances principales, pour donner le change à l'opinion.

Classons les circonstances dans leur ordre, et rappelons ce qui est supprimé : alors on verra si M. Ed. Bejot avait le droit de faire ce qu'il reconnaît avoir fait ; s'il n'a blessé les convenances ni les droits de personne.

A quelle époque se rapporte l'obligation de réaliser les dispositions d'un acte préparatoire, *avec la société que M. Bejot présenterait ?* C'est au 1er juillet 1830.

Cette obligation a été remplie : la société a été présentée par M. Bejot ; elle a été acceptée par moi ; elle a été réalisée entre nous.

Qu'était M. Bejot, suivant le projet de société anonyme ? Actionnaire et administrateur provisoire.

Qu'était-il, suivant le projet de société en commandite ? Simple actionnaire.

Dans l'une et dans l'autre société, j'étais actionnaire comme lui. J'étais actionnaire comme lui, même après lui avoir cédé mes actions de capital : je restais possesseur de quarante-six actions dites de jouissance, c'est-à-dire à peu près un quart de la totalité des actions.

La seule différence entre nos titres, c'est que ceux que je lui avais cédés avaient droit à des répartitions avant ceux que je gardais.

Mais M. Bejot, en qualité d'actionnaire, comme moi, n'avait pas plus que moi le droit de s'immiscer dans la gestion.

Nous nous étions soumis, l'un et l'autre, à l'administration du gérant que nous avions choisi, et qui se trouvait institué selon l'art. 1856 du Code civil.

Disons plus : dans cet état de choses, la totalité des actionnaires, moins un, n'avait pas le droit de forcer la volonté du seul opposant qui restait intéressé dans les résultats de la société.

Au lieu de m'étendre sur ce point, je crois devoir rapporter ci-après, sous le n° 2, les principes établis dans un article du journal *la Phalange*.

Or, si M. Bejot avait eu le droit, par acte du 1er juillet 1836, de proposer une société, il ne s'ensuit pas que, après sa présentation et sa formation, il eût le droit de régir et administrer la société, dont l'administration exclusive était confiée à un autre par le pacte social. A plus forte raison, M. Bejot n'avait pas le droit de dénaturer, changer dans son essence, détruire cette société, dans les résultats de laquelle des tiers étaient intéressés; enfin de la remplacer par une autre société, gouvernée à son gré et faisant autre chose que les choses convenues.

Mais je ne m'oppose pas à ce que M. Bejot forme des sociétés selon ses idées et ses fantaisies. Je lui demande seulement de me rembourser l'intérêt que j'avais dans celle qu'il a détruite. Il me semble que c'est par là qu'il aurait dû commencer. Il l'a compris, puisqu'il m'a fait proposer de régler sur la base de 400,000 fr. de bénéfice, dont un quart pour moi.

Maintenant, rétablissons les circonstances que M. Bejot supprime, pour ajuster ses conséquences.

Il avait, dit-il, *un acte de société en commandite avec date en blanc, etc.*

Comment *avait-il* cet acte qui, par convention entre les parties, était déposé en main tierce? La convention du dépôt en main tierce indique qu'il *ne devait pas l'avoir*. En effet, M. Bejot s'en est emparé par un abus de confiance : c'est ce qui est attesté par le dépositaire convenu; mais c'est ce que M. Bejot supprime de son récit.

Il le fit, dit-il, *dater, enregistrer et publier.* Il le data bien lui-même, et il supposa qu'il était venu, à cet effet, chez moi, ce qui est en contradiction avec ce qui va suivre.

Où le fit-il publier? Nous l'avons ignoré long-temps, nous qui étions au siége de la gérance; là où était la raison sociale qui renferme en elle toute la société; là où était la caisse, la comptabilité; là où était enfin l'unique établissement industriel de la société.

Le gérant lui-même a ignoré cette publication, et lui seul pouvait signer l'extrait pour les publications !

Il n'avait pas été appelé à remplir ses obligations, afin qu'il ignorât ses droits et qu'on pût les lui ravir plus facilement.

En effet, on sait qu'il n'est pas possible d'imaginer une perfidie plus grande que celle dont mon fils a été la victime.

M. Bejot ne m'appela point, dit-il, *parce que je n'avais plus aucun intérêt dans l'affaire et que j'y étais totalement étranger !*

Cependant il suppose être venu le dater chez moi. Or, il comprenait la nécessité de se réunir à moi, pour donner vie à cet acte; alors que, sur deux cents actions tant de capital

que de jouissance , il m'en restait quarante-six qui représen-
taient le complément du prix de mes bois.

Lorsque M. Bejot me supposait *totalement étranger* à l'affaire, on éludait cependant la compétence des tribunaux ,
sous le prétexte que *j'étais associé.*

Cette contradiction exprimait donc à la fois l'intention ,
sous un prétexte, de réduire en fausse monnaie les actions
qu'on m'avait données pour complément du prix ; et, sous
un prétexte différend , de retarder ou d'éluder la justice !

L'acte ayant été remis en blanc, on lui avait donné par là,
dit M. Bejot , *un mandat tacite pour le remplir !*

M. Bejot supprime toujours l'essentiel ; il oublie encore
de dire que ce n'est pas à lui que cet acte en blanc a été
remis ; mais à M. Hue., tierce personne convenue pour en
être dépositaire.

Or, ni dans le fait ni dans l'intention , on ne lui avait
donné par là un mandat tacite , dont il n'aurait pu d'ailleurs
tirer légalement aucun parti , comme on va le voir.

S'il eût fallu , dit-il encore, *revenir à moi , ce n'eût pas été
la peine de le préparer d'avance !*

D'après l'intention des parties , il y avait bien nécessité de
revenir à moi ou de m'appeler pour mettre à exécution
l'acte , quoiqu'il fût préparé d'avance, puisqu'il était préparé en un seul original et déposé ainsi en main tierce.

Cet acte établissait une convention dont toute partie inté-
ressée pouvait requérir l'exécution ; mais, pour arriver à
cette exécution , il fallait compléter le nombre d'originaux
nécessaires , afin que chacune des parties intéressées possédât
un original.

Voilà ce qui motivait la nécessité d'un appel et d'une réunion.

M. Bejot s'est élevé au-dessus de ce petit obstacle. Il a fait faire une copie, qu'il m'a fait remettre, avec sa signature et celle de Monsieur son beau-frère.

Le gérant responsable, l'unique représentant de la société, n'a pas eu la même faveur que moi. Il n'a jamais possédé même une copie de l'acte qui engageait indéfiniment sa responsabilité envers le public !

Cela résultait du projet concerté entre M. Bejot et M. Béchenec, de surprendre la démission du gérant, au moment de son arrivée à Paris.

Or, je le demande, quel droit me donnerait, contre le seul représentant de la société, cette copie qu'il n'a pas signée, et qu'il n'a pu signer, précisément à cause des précautions prises et des manœuvres employées pour lui enlever son titre ?

Enfin, à quoi tendent les observations de M. Ed. Bejot, relativement aux réglemens que j'ai copiés sur les minutes de Monsieur son père ?

Il a reconnu et il a signé, le 2 septembre 1836, qu'il y avait lieu à revoir et à *régler définitivement* ces comptes ; il en contracté l'obligation, pour lui et pour Monsieur son père !

Doit-on induire de ses observations qu'une erreur est couverte, quand on a reconnu de confiance le résultat d'un compte, *parce qu'on a évité de faire précéder la reconnaissance de toute explication sur les élémens du compte?*

En supposant qu'il pût en être ainsi, l'observation de

M. Ed. Bejot aurait dû précéder son engagement du 2 septembre 1836.

L'observation a mauvaise grâce après cet engagement.

L'idée de pareille observation ne m'est pas venue lorsque, par lettre du 1er mai 1828 , Monsieur son père me demanda la rectification d'un arrêté semblable.

Etait-il vrai qu'on m'eût remis un compte, lorsque j'en copiai et signai la supposition le 17 avril 1836 ? Non ; cette supposition fut rayée ensuite dans les circonstances que j'ai expliquées ; la rature est approuvée par Monsieur son père, dans ma reconnaissance dont il s'agit.

C'est donc une raison de plus pour que l'observation de M. Ed. Bejot ait mauvaise grâce, après son engagement du 2 septembre 1836.

Remarquez avec quelle assurance M. Bejot dit et M. de Béchenec répète :

Qu'il est seul intéressé dans l'affaire ;

Que mes intérêts étaient opposés à ceux confiés à mon fils ;

Qu'on avait le droit de retirer à mon fils sa position ;

Que mon haut-fourneau était en décrépitude ;

Que c'était un fourneau donnant de la perte ;

Qu'il ne produisait que de la fonte blanche ;

Qu'il ne pouvait en produire de grise ;

Qu'il a toujours coûté deux cents kilog. de charbon pour cent kilog. de fonte ;

Qu'on était placé entre la position de perdre 17,000 fr. par an , ou de payer 8,000 fr. de loyer sans fabriquer ;

Qu'il fut loué 8,000 fr. sur de faux états de mon fils !

Seul intéressé dans l'affaire ! Est-on seul intéressé dans une affaire, quand on a délégué, en paiement de son objet, un quart des bénéfices qu'elle doit produire ? Celui qui a reçu en paiement cette délégation doit-il compter sur sa valeur, quand l'objet de ce paiement a été livré à 80 pour 100 au-dessous de sa valeur reconnue par une expertise préalablement convenue ?

Mes intérêts diamétralement opposés à ceux confiés à mon fils ! Ces expressions dévoilent des idées anti-sociales et contraires à la bonne foi. Ces idées ont eu leur effet par les moyens qui sont le sujet de mes plaintes. *Mes intérêts* consistaient à ce qu'il y eût des bénéfices ; sans cela, point de paiement pour moi. Mes intérêts étaient donc essentiellement dépendans d'une bonne administration. Tout intérêt contraire est donc condamnable comme anti-social.

Pour qu'il y eût des bénéfices, il fallait que l'opération fût faite et gérée conformément aux conventions.

M. Bejot ne semble pas dissimuler que son but, au contraire, était de réaliser de l'argent à tout prix.

M. Bejot ne risque rien : le capital qu'il fait sonner si haut est un profit que j'ai attribué à sa famille, au sujet des mêmes bois ?

De mon côté, il n'en est pas ainsi : j'ai payé le prix des bois, et ils ont acquis, à mes frais, un accroissement considérable, depuis mon acquisition.

Pour moi, il fallait une exploitation sage et méthodique des bois, par un homme économe.

Pour M. Bejot, il fallait un enlèvement rapide des bois, par un homme alerte.

Quand **M.** de Béchenec dit qu'il n'a pas vendu de bois au Hâvre, au prix net de 10 c., cela peut être vrai, dans ce cas que ce ne serait pas lui personnellement qui les aurait vendus, mais **M.** Bejot. Pour éviter de telles erreurs de personnes, il faudrait nous dire tout bonnement que **M.** de Béchenec est l'agent de **M.** Bejot, et qu'il n'est pas sérieusement le gérant d'une société en commandite.

Quoi qu'il en soit, il est parvenu à ma connaissance que ces bois devant être livrés à 1 fr. 50 c. le pied cube, et devant rendre net environ 10 c., y ont été refusés; que **M.** Bejot avait écrit ensuite à **M.** Mongrard pour les lui proposer.

Tant mieux que **M.** de Béchenec puisse placer quelque part à 2 fr. 50 c. le pied cube, les bois que j'ai vu transporter. Je suis depuis bien long-temps au courant de la valeur des bois dans tous les ports, et je ne me flatterais pas de ce succès; mais **M.** de Béchenec a tant de ressources que n'ont pas les hommes ordinaires !

On avait le droit, dit-on, de retirer à mon fils sa position, et l'on me défie de prouver le contraire !

J'ai déjà produit cette preuve. Elle est dans l'art. 16 de l'acte de société, qui lui attribuait exclusivement l'administration des affaires de cette société, et dans l'art. 1856 du Code civil, contenant ce qui suit : « L'associé chargé de » l'administration par une clause spéciale du contrat de so- » ciété, peut faire, nonobstant l'opposition des autres asso- » ciés, tous les actes qui dépendent de son administration, » pourvu que ce soit sans fraude.

» *Ce pouvoir ne peut être révoqué sans cause légitime, tant*

» *que la société dure*, mais s'il n'a été donné que par acte pos-
» térieur au contrat de société, il est révocable comme un
» simple mandat. »

Le haut-fourneau était en décrépitude! L'état des lieux indique bien que les pierres de taille qui constituaient toute la
façade semblaient un peu disjointes. Mais la destruction de
cet édifice a bien prouvé qu'il était incomparablement plus
solide que celui qu'on lui a substitué. Comment un édifice,
composé de pierres de taille liées ensemble par des barres
de fer, pourrait-il être en décrépitude cinquante ans après
sa construction?

La substitution d'un autre fourneau à celui que j'ai loué,
au lieu de la construction *d'un second haut-fourneau*, ne
prouve autre chose, de la part de ceux qui ont fait disparaître
le mien, que la volonté de s'approprier mes beaux matériaux, pour ce qu'ils devaient faire à leurs frais. C'est un
acte de haute indélicatesse, indépendamment des autres con-
sidérations.

Ces matériaux, comme je l'ai déjà dit, étaient de nature
et de dimensions telles, qu'il serait difficile d'en trouver de
semblables. Il les ont brisés!

Comment ai-je connu leurs dimensions? En faisant
descendre et reconstruire la cuve et presque toute la masse
du fourneau, à la fin de 1831, par le sieur Jean Hervé, entrepreneur à Guingamp. La roue hydraulique, dont on
s'est emparé pour un autre usage, avait été confectionnée
récemment par la société anglaise de la Basse-Indre.

Or, ce qui constituait véritablement le haut-fourneau
était reconstruit à neuf et avec le plus grand soin, sur le

même plan que le plus habile métallurgiste de cette sociéé anglaise de la Basse-Indre avait considéré comme un chef-d'œuvre.

Il n'est pas surprenant que ceux qui l'ont détruit, sans droit et par calcul, s'expriment autrement ; mais il ne suffit pas de dire que l'édifice d'autrui est mauvais, pour se justifier d'avoir disposé de ce qui le composait.

Certes, ce qu'on lui a substitué est loin d'avoir la même solidité. Tout le prouve ; mais, en outre, on voit dans quel esprit on agissait, par une lettre de M. Bejot, du 17 février 1837, où, répondant sur le choix du bois à employer pour les constructions projetées, il écrivait : « Vous me demandez » s'il faut employer du bois, le chêne ou le hêtre ? Nul doute » que ce ne soit le dernier ; nous ne devons pas perdre de » vue que nous ne sommes que locataires. »

Mon haut-fourneau donnait de la perte ; il ne pouvait produire que de la fonte blanche ; il ne pouvait en produire de grise ; il fut loué 8,000 fr. sur de faux états de mon fils !

Qu'est-ce qu'un haut-fourneau qui donne de la perte ? C'est celui dont l'*ouvrage* n'est pas bien préparé, et qui n'est pas bien conduit. Pour les personnes qui ne sont pas familiarisées avec ces usines, je dois expliquer ce qu'on appelle l'*ouvrage* : c'est le creuset, qui se prépare tous les ans ou pour chaque campagne, d'après des règles et dans des dimensions déterminées.

L'ouvrage étant bien fait, le haut-fourneau donne du profit ou de la perte, de la fonte grise ou blanche, selon sa conduite et les matières qu'on y emploie. Je vais rappeler bientôt les produits du mien.

Suivant sa lettre du 13 mai 1837, M. Bejot pouvait écouter les propositions de sous-location qui étaient faites. Cela prouve qu'on n'était pas placé, comme il lui a plu d'en hasarder l'expression, *entre la position de perdre 17,000 fr. par an ou de payer 8,000 fr. par an sans fabriquer!*

Que MM. Bejot et Béchenec aient cherché à justifier les actes répréhensibles concertés pour arriver au but de leurs combinaisons, cela peut se concevoir; mais outrager à ce point leur victime, c'est trop fort!

Je vais répondre au dilemme de M. Bejot, et lui prouver que la note de mon fils, dont il parle, n'était fausse ni pour le *tromper à mon profit, ni par suite d'erreurs*; mais que les combinaisons personnelles de M. Bejot ont puissamment concouru à produire ce moyen de faire un tel outrage à mon fils, dont il oublie trop tôt les preuves de délicatesse.

D'abord, j'opposerai quelques chiffres à toutes les absurdités que je viens de récapituler.

Loin de chez moi je trouve, parmi mes papiers, le compte d'une campagne de mon haut-fourneau, du 15 décembre 1831 au 1er juillet 1832, six mois et demi.

| | CONSOMMATION. | | | PRODUITS |
| | BARRIQUES. | | | Fonte. |
	Charbon.	Minerai.	Castine.	Kilogram.
Du 15 décembre au 15 janvier.	1,660	519	79	49,340
— 15 janvier... — 15 février.........	1,682	449	97	61,389
— 15 février... — 15 mars...........	1,478	475	86	52,355
— 15 mars..... — 15 avril...........	1,408	478	94	56,479
— 15 avril..... — 15 mai...........	1,518	438	102	51,763
— 15 mai...... — 15 juin...........	1,441	405	122	50,545
— 15 juin...... — 1ᵉʳ juillet.	693	183	62	23,896
	9,880	2,947	642	345,767

345,767 kilog. fontes truitées et grises, dont 18,442 kilog. en mouleries.

Ces produits n'étaient pas considérables et je dois en expliquer la cause.

J'ai dit que je venais de faire reconstruire la cuve à neuf; je crus devoir ménager cet ouvrage tout frais, en modérant le vent des pistons. M. l'ingénieur des mines, qui vint ensuite visiter l'usine et recueillir l'état ci-dessus, remarqua que les produits auraient été bien plus considérables, si j'avais donné plus de vent. Ce qui le prouve, c'est que, en visitant l'ouvrage, il le trouva en état de soutenir une autre campagne, qui eut lieu ensuite, en effet, sans nouvel ouvrage.

3

Malgré l'erreur que j'avais commise par inexpérience, pour ménager ma cuve, voici ce qui résulte de l'état qui précède :

La quantité de fonte que rend un fourneau n'est pas ce qui détermine la hauteur du bénéfice ; mais le résultat de la comparaison des produits avec la dépense qu'on a faite pour les obtenir.

Ici, ma dépense en charbon était de 9880 barriques ou environ 494,000 kil., et mes produits étaient de 345,767 kil. fontes.

Ces produits étaient plus avantageux que ceux qu'on se vante d'avoir obtenus avec le fourneau qu'on a substité au mien ; car ils présentent la proportion suivante :

$$494 : 345 : : 175 : 122 \tfrac{1}{4}.$$
$$\text{———} : : 145 : 101 \tfrac{1}{4}.$$

Ce qui fait plus de 122 kil. au lieu de 100 kil. de fonte grise, pour une dépense de 175 kil. de charbon, et plus de 101 kil. au lieu de 100 kil. de fonte blanche, pour une dépense de 145 kil. de charbon.

Mes fontes étaient grises, au moins en grande partie, puisque j'avais fait des mouleries.

On peut juger de la qualité de ces fontes par les marteaux de mes forges, si on ne les a pas fait disparaître, comme tant d'autres choses que je n'ai louées ni vendues.

Calculons le résultat de cette campagne.

Produit :

345767 kil. fontes, à 15 fr. les 100 kil., terme
    moyen..................................... 51,865ᶠ 05ᶜ

Dépenses :

9880	bques charbon, à 2ᶠ 50ᶜ.	24,700ᶠ » »ᶜ		
2947	— minerai, à 2 50..	7,367 50	}	33,993ᶠ 50ᶜ
642	— castine, à 3 » »..	1,926 » »		

                PROFIT..................... 17,871ᶠ 55ᶜ

J'avais à déduire de ce profit les gages des
fondeurs, boqueurs, chargeurs, porteurs de
mine et charbon, ce qui ne s'élevait pas à....... 1,871 55

Restait donc en profit net, pour une campagne de six mois et demi, du premier et seul
haut-fourneau que j'eusse mis et vu en feu...... 16,000ᶠ » »ᵉ

Les produits des campagnes suivantes ont été de la même
nature ; il me fallait des fontes traitées pour mes forges, mais
j'ai fourni des fontes grises aux principaux fondeurs de
Rouen. On peut encore voir des échantillons de ces fontes
par mes mouleries pour couvertures de pistons, fourneau à
la Wilkinson, feux de grandes forges, cylindres de fende-
rie, etc. etc.

Croyez donc encore, sur le témoignage de MM. Bejot et
Béchenec, que mon haut-fourneau ne pouvait donner que de
la perte, et qu'il ne pouvait produire que des fontes blan-
ches !

Je viens de prouver que mon haut-fourneau, qu'ils ont détruit, avait donné des résultats meilleurs que ceux qu'ils se
vantent d'avoir obtenus du haut-fourneau qu'ils ont substitué au mien, indûment et à mes dépens.

J'ai fait remarquer que les résultats ne se calculaient pas
d'après la quantité de fonte, mais d'après la comparaison du
produit avec la dépense.

Les hauts-fourneaux produisent suivant leur capacité ; ils
dépensent en proportion.

Il peut convenir, suivant les positions, de dépenser et de
produire beaucoup, comme de dépenser et de produire peu.

Ceux qui ont spéculé sur l'abondance des minerais qui en-
tourent mon usine, et qui ont en vue d'en profiter, dans le
délai fixé pour l'exploitation des bois que j'ai vendus, ont
voulu produire beaucoup en peu de temps.

Nos stipulations favorisaient ce désir : ils avaient la faculté
de construire un second haut-fourneau à la place de mes
forges ; mais ils n'avaient pas le droit de détruire celui que
j'ai loué, pour lui en substituer un autre, dans une autre
forme et d'une plus grande capacité.

Pour moi, propriétaire de bois où des taillis succéderont
aux futaies que j'ai vendues, il me convenait d'avoir un
haut-fourneau construit avec solidité, avec des pierres de
taille de dimensions telles qu'il serait très-difficile d'en
trouver de semblables ; sur-tout un haut-fourneau proportionné aux moyens que je possède de l'alimenter.

Mais il ne me convient point d'avoir en échange un édifice
construit, pour la durée d'un bail, avec les matériaux qu

composaient le mien ; matériaux qu'on a dénaturés, brisés, pour accroître la capacité aux dépens de la solidité.

Il ne me convient et ne pouvait me convenir, en échange d'un haut-fourneau proportionné aux dépendances de la propriété dont il fait partie, d'avoir un fourneau que cette propriété ne peut alimenter, qui aurait dévoré le revenu annuel des taillis presque aussitôt après que les frais de mise en feu seraient faits, pour ainsi dire avant d'être assez chaud pour donner des produits.

Les locataires de mon haut-fourneau pouvaient allier leur spéculation avec le respect pour la propriété et l'intérêt d'autrui, en faisant, à la place convenue, le haut-fourneau qu'ils ont fait à la place du mien.

Ils ne l'ont pas voulu ; ils ont voulu réaliser la spéculation, mais aux dépens de la propriété et en la dénaturant.

Si mon haut-fourneau avait été *en décrépitude* ; s'il avait été composé de matériaux moins précieux, comme la plupart des autres hauts-fourneaux, il n'aurait pas été détruit. Ils n'ont agi que par la considération de ces rares et précieux matériaux, dont ils ont voulu s'emparer, et par ce moyen, faire à mes dépens ce qu'ils auraient été obligés de faire à leurs frais à la place de mes forges.

C'est ce honteux calcul qui avait excité l'ardeur et déterminé l'ordre signé de **MM** Bejot et Béchenec, le 8 octobre 1837, de hâter la démolition ; *sur-tout de n'avoir égard à aucune opposition, de quelque part qu'elle vienne, de quelque nature qu'elle soit !*

Ces explications sont loin d'admettre les avantages que l'on suppose m'avoir procurés, par une dépense de plus de

100,000 fr., pour exercer les goûts de M. de Béchenec, en réalisant les plans de Monsieur son beau-frère.

Si j'avais permis de prendre des pierres dans ma propriété, pour concourir à ce qui était l'objet de mes oppositions, on n'aurait pas manqué de se prévaloir de cette autorisation, dont M. Bejot trouve le refus *infâme !*

Maintenant, examinons les causes du mauvais résultat de та campagne dirigée par mon fils, de 1836 à 1837.

On devait descendre et relever les pierres de taille composant la voûte et toute la façade de mon haut-fourneau. Le même entrepreneur avait demandé 300 fr. pour cet ouvrage. M. Bejot, pressé de faire mettre en feu, voulut qu'on retardât cette opération. Il fit préparer des barres de fer pour prévenir jusque là tout accident à l'égard des fondeurs. Cette précaution pouvait paraître utile pour ceux qui ne savaient pas combien les pierres de taille, qui semblaient disjointes, étaient solidement contenues dans leur ensemble. C'est ce que la destruction de l'édifice a fait connaître ensuite.

A quelle époque M. Bejot pressait-il la mise en feu du haut-fourneau ? Alors que les halles étaient garnies de peu de chose au-delà des deux mille trois cent quatre-vingt-quatorze barriques de charbon que je venais de céder ;

Alors que M. Bejot avait conçu la pensée de couper rapidement les saules et aunes qui se trouvaient dans le *Guernisquit,* avec la prétention de revenir *couper une seconde fois* ces bois tendres, avec les autres bois laissés en réserve, dans cette partie de Coat-an-Hai.

C'était à l'entrée d'un hiver qui a maintenu des neiges

abondantes en forêt pendant plusieurs mois, et qui a inter-rompu la cuisson des charbons.

Ainsi, mon fils a eu principalement, pour cette première campagne de la société, *les charbons de saule et d'aune* résultant de la spéculation de M. Bejot ; charbons presque de nul effet pour la fusion du minerai de fer.

Ainsi, manquant de charbon, par suite des rigueurs de la saison, qui suspendait le travail des charbonniers, mon fils a été obligé de faire boucher et arrêter trois fois le fourneau, durant cette campagne.

Je n'ai pas sous les yeux l'état du roulement de cette époque ; mais je sais que, malgré tous ces obstacles, le fourneau a rendu soixante mille kilo de fontes, durant le mois de mars, et cinquante-cinq mille kilo durant le mois d'avril. Je lis, dans une lettre de M. Bejot, du 13 mai : « Je vois que
» la mauvaise allure de notre campagne tient sur-tout à
» notre défaut d'approvisionnement. C'est une chose à la-
» quelle il faut parer cet été, *n'importe à quel prix ;* car,
» d'après vos notes, je vois que nous avons brûlé, en sus
» des prévisions, environ deux mille cinq cents barriques de
» charbon, et près de trois cents de castine, soit, plus de
» 6,000 fr. qui forment une perte sèche. Une seconde cam-
» pagne comme celle-là nous serait des plus préjudiciables. »

Cette dépense de 6,000 fr., *au-delà des prévisions,* résultait donc d'un excédant de consommation qui s'explique naturellement. Le charbon de saule et d'aune produit peu d'effet ; on augmentait la castine, comme moyen de fusion ; mais cela ne suffisait pas ; il fallait doubler la quantité de charbons tendres qui ne résistaient pas au vent des pistons, de manière que le mauvais résultat est principalement dû à la spéculation de M. Bejot.

Les chiffres qui précèdent ont prouvé que le fourneau *en décrépitude* pouvait produire au-dessus de ce qui est présenté comme une merveille, par M. de Béchenec.

Mon fils aurait nécessairement surpassé de beaucoup ces merveilles, avec le fourneau *en décrépitude*, s'il avait été moins expérimenté dans l'exploitation des bois; s'il en avait moins connu la valeur et l'emploi; s'il avait pu se déterminer, comme M. de Béchenec, à convertir en charbon 4 à 5 mille hêtres, ayant depuis 9 jusqu'à 12 et 14 pouces de diamètre.

Il est facile de comprendre comment, avec de pareilles déterminations et les expéditions de bois équarris à tout prix, on peut ruiner l'opération la plus avantageuse.

Ces circonstances prouvent qu'il s'agit de réaliser à tout prix, et de laisser les mains vides à ceux qui ont reçu en paiement des actions dites de jouissance.

L'opinion que M. de Béchenec est l'agent de cette réalisation à tout prix, avec l'espoir d'un intérêt dans l'entreprise, qu'il a révélée lui-même, cette opinion, dis-je, fait plus d'honneur à sa raison que la supposition qu'il eût appliqué 200,000 fr. à l'acquisition d'un quart des actions de la société qui avait été formée entre M. Bejot et moi. En effet, M. de Béchenec peut faire mieux, en appliquant cette somme au paiement de la moitié du bordereau qui m'a été communiqué, sous la date du 10 mai 1839, et qui concourt à motiver mon refus de me soumettre à sa gérance, pour une opération dont un quart des profits m'était donné en paiement.

Mon désir est accompli, par la reconnaissance que M. de

Béchenec a publiée, de l'aveu qu'il m'avait fait, c'est-à-dire de la lettre qu'il a reçue lorsqu'il était chez moi ; lettre par laquelle M. Bejot engageait M. de Béchenec à presser le départ de mon fils, de Coat-an-Nos, au moment où M. Hue partait de Paris pour venir en Bretagne, *afin qu'il n'y eût pas de communication entre eux ;* que mon fils ignorât l'enlèvement, par surprise, de l'acte déposé aux mains de M. Hue, et tout ce qui aurait pu le mettre en garde contre le projet concerté de surprendre sa démission à son arrivée à Paris.

M. de Béchenec est bien bon de croire que si j'avais eu réellement cette lettre en ma possession, je m'en serais dessaisi Je ne pense pas qu'on soit fondé à prendre une attitude fière, quand on écrit pareille lettre, quand on l'a reçue, quand on a rempli son objet.

Mais M. de Béchenec, d'un ton innocent et badin, trouve naturel ce qu'on lui prouve être vicieux, contraire aux conventions et aux lois ; il est tout persuadé, je le sais, que de bonnes mœurs, un bon ménage sont des objets de dérision.

Dans le même esprit, il m'impute *d'avoir tenté de le détacher de l'alliance d'hommes honorables, et de l'unir à moi pour affaiblir leurs droits !*

La circonstance à laquelle M. de Béchenec paraît avoir besoin maintenant de donner cette tournure, m'est rappelée par sa lettre du 27 novembre 1838, dont voici la copie :

« *Dans le désir de donner suite à l'ouverture que vous m'avez* » *faite,* je me propose d'avoir l'honneur de vous voir demain, » et je vous prie de vouloir bien me faire connaître à quelle » heure de l'après-midi je pourrai avoir l'avantage de vous » trouver chez vous. »

A quoi M. de Béchenec avait-il le désir de donner suite ?
Il dit que c'était une trahison ! J'avais vu opérer M. de Béchenec ; je n'aurais pas plus compris alors que je ne com-
prendrais aujourd'hui, pourquoi et dans quel espoir m'unir
à lui.

M. de Béchenec avait compris que je ne suis pas lié par les
actes auxquels je n'ai pris aucune part ;

Que la retraite du gérant avec lequel j'ai traité, quelle
qu'en soit la cause, et qui n'a pas été remplacé selon l'art. 21,
d'après sa désignation et avec mon concours, m'autorise à
demander mes apports.

Pour prévenir les conséquences de mes droits, M. de Béchenec m'offrait une transaction pour mes actions de jouissance, à raison de 100,000 fr. sous escompte.

Dans l'une de ses visites à ce sujet, je lui fis remarquer les
conséquences de ses entreprises dans mon usine, qui ruinaient
ses commettans, sans aucun avantage pour personne. Je lui
fis le calcul suivant :

150,000 fr. dépensés sans utilité pour un bail
de dix ans, représentent une dépense annuelle
d'amortissement de . . . . 15,000 fr.

L'intérêt du capital est, pour la première
année, de. 7,500

Le prix de location est de. 8,000

TOTAL pour une année. 30,500
La dépense moyenne, par an, est de. 27,125
La dépense totale de dix ans s'élèvera à. 271,250
Et avec les intérêts composés, à 362,184

Voilà, lui disais-je, où vous avez entraîné vos commettans, pour un but qui n'exigeait pas plus de 12 à 1,500 fr. de dépense, pour visiter la voûte de mon haut-fourneau et augmenter le vent des pistons.

Non seulement vous n'avez pas calculé qu'il est impossible de couvrir vos dépenses, pendant la durée d'un bail, par les produits qui en ont été le but ; mais, de plus, vous avez entraîné vos commettans dans toutes les conséquences résultant du préjudice que me causent les contraventions aux traités, relativement à mon usine.

Or, après ces dépenses excessives et inutiles ; après avoir réparé le tort actuel et journalier que j'éprouve, ils ne seront pas dispensés de rétablir le haut-fourneau que j'ai loué; car celui que vous avez construit pourrait, tout au plus, être considéré comme le second haut-fourneau qu'ils étaient autorisés à construire à leurs frais.

Le mal que vous avez causé me semble si grand, disais-je enfin à M. de Béchenec, que je ne connais qu'un seul moyen, pour vos commettans, d'en prévenir toutes les conséquences et d'arriver à une conciliation : c'est de traiter de mes droits; de faire disparaître ainsi le désaccord qui existe naturellement entre ce qui s'attache à la propriété et ce qui s'applique spécialement à l'industrie. Dans ce cas, et alors seulement, vos commettans pourraient espérer de tirer parti, dans l'avenir, de dispositions qui ne s'accordent nullement avec mes vues et ma position particulière.

Si mes ouvertures avaient inspiré alors à M. de Béchenec le désir de leur donner suite, il est naturel de penser que la tournure qu'il leur donne aujourd'hui procède uniquement de ce que les yeux sont ouverts, et qu'il a besoin de se rendre intéressant.

A l'égard de M. Bejot, je ne peux attribuer qu'à l'objet de ces ouvertures l'idée qu'il a eue de rabaisser la valeur locative de mon usine ; de confondre les temps et les choses ; d'oublier que cette usine me revenait à 200,000 fr. au moins, par mes travaux et mes améliorations, quand je la louai ; qu'il n'y avait pas de haut-fourneau qui ne fût recherché alors au prix de 8 à 10,000 fr. ; que l'usine de Pont-Kallec, apportant le minerai de sept lieues, était louée 27,000 fr.

A mon égard, l'état des choses se résume ainsi qu'il suit :

La famille de M. Bejot possédait une créance sur moi.

Cette créance était le résultat d'un profit usuraire.

Ce profit sert à l'acquisition des bois qui l'avaient procuré.

Pour cette acquisition, on stipule un nouveau profit de 80 p. 100.

L'acquisition n'est réalisée qu'après l'expertise convenue pour assurer ce nouveau profit.

Une partie du prix de l'acquisition est payée par une délégation sur ce nouveau profit.

Cette délégation est représentée par des actions dites actions de jouissance d'une société.

Cette société est représentée par un gérant convenu entre toutes les parties intéressées, et qui s'est obligée envers elles.

De sa bonne gestion dépendent les profits.

On le surprend, on le fait disparaître, parce qu'il est un obstacle à des vues anti-sociales.

On veut réaliser à tout prix et au préjudice des actions de jouissance données en paiement.

On veut éluder ainsi le paiement d'une partie du prix des bois.

Pour cet effet, ceux qui possèdent les actions dites de jouissance sont écartés par ceux qui n'en possèdent pas.

Ceux-ci nomment, entre eux seuls, un agent pour le but qu'ils se proposent. Ce but est d'enlever et de réaliser à tout prix les valeurs sociales; de laisser les mains vides aux porteurs des actions de jouissance.

Sur qui tombe le choix pour atteindre ce but ? Précisément sur l'*ex-directeur de l'institut théorique et agricole de Coëtbo !*

C'est parce que l'affaire est compliquée de tant de fraudes et d'usures que l'on fait tant d'efforts pour exciter la prévention contre mon caractère et contre mes réclamations.

Evidemment on veut me faire jouer le rôle de M. Gogo, dans le drame de Robert-Macaire !

PIÈCES JUSTIFICATIVES.

N° 1.

Extrait d'une Consultation de M. AULANIER.

M. Revel maintient, 1° que cet acte ne constituait qu'un projet non daté, qui avait été déposé aux mains de M. Hue, avocat à Paris, lequel ne devait s'en dessaisir que du consentement de tous les intéressés, et qu'il a été retiré frauduleusement des mains du dépositaire, sans le concours et le consentement de M. Revel ; 2° que se fût-il lié irrévocablement, on l'aurait déchargé de ses engagemens en retirant la gestion à son fils, dont la nomination à cet emploi avait été pour lui une des clauses déterminantes du traité.

Voilà ses maintiens, en voici les preuves :

L'acte avait été remis en dépôt à M. Hue sans porter aucune date. Cela est prouvé par une lettre de M. Hue, qui sera citée ci-après, et par une note de la main même de M. Béjot, dans laquelle on lit :

« Enfin, l'acte de société en commandite est sans date, et » il est déposé chez M. Hue jusqu'à la réponse de l'autorité ».

Ce n'est pas à Coat-an-Nos, comme l'acte le porte, qu'il

a été daté du 26 juin 1837. En effet, dans une lettre du 21 de ce mois, M. Edmond Bejot dit :

« Je ne sais si la régularisation de nos actes me conduira » près de vous ; aussi, mon voyage projeté pour la fin de ce » mois est-il encore incertain : ce sera donc avec un vrai plai- » sir que je vous verrai ici ». Dans une autre lettre du 28 du même mois, le même sieur Bejot dit : « Je ne sais si les actes » à préparer me conduiront près de vous, et dans cette incer- » titude, etc....»

C'est par suite d'une surprise que l'acte s'est trouvé aux mains du sieur Bejot, qui en avait demandé communication à M. Hue pour le consulter. En effet, M. Hue a écrit à M. Revel, le 17 novembre dernier : « Ce n'est que par sur- » prise que M. Edmond Bejot a retiré de mes mains le projet » non daté d'une société en commandite, sous la raison so- » ciale Théodule Revel et compagnie. Je vous autorise au » besoin à vous servir de cette lettre pour faire valoir vos » droits».

Aussi, la possession du projet de traité par M. Bejot a été le résultat d'une surprise et d'un abus de confiance, comme la date est le résultat d'un faux matériel. Deux jours après la fausse date, on parlait encore à M. Revel d'aller régula- riser l'acte à Coat-an-Nos. On le trompait en lui faisant ac- croire que le traité restait dans les termes d'un projet, et demeurait aux mains du dépositaire convenu. Ne faut-il pas pousser la témérité bien loin pour venir provoquer devant les tribunaux l'exposé et la preuve de pareils faits ?

Il est sûrement impossible que l'on soutienne sérieusement la validité d'un acte entaché de dol, de surprise et de faux ; et pourtant, quand il n'aurait aucun de ces vices, on serait encore mal fondé à en demander l'exécution, parce qu'on y et contrevenu d'une manière essentielle. En effet, par l'art. 16, M. Revel avait stipulé que son fils serait gérant de l'association ; qu'il serait chargé de l'exploitation du haut-fourneau, de la vente des futaies abattues, du placement et de la vente des fontes, de recevoir le prix des ventes faites ; enfin, de faire toutes les affaires relatives à l'exploitation de l'administration, comme traités, marchés, conventions. Il avait de plus la signature sociale avec droit d'emprunter jusqu'à concurrence de 30,000 fr. Il lui était alloué un traitement annuel de 3,000 fr., et en outre une action de jouissance par vingt-huit hectares de bois coupés.

M. Revel procurait ainsi à son fils une position honorable et avantageuse ; c'était là pour lui l'un des motifs déterminans du traité.

D'un autre côté, il trouvait dans la gestion de son fils une garantie importante. Pour complément du prix de sa gestion, il s'était réservé quarante-six actions de jouissance évaluées plus de 100,000 fr. Cette portion de son prix ne devait se prendre que sur les bénéfices. Il avait donc un immense intérêt à ce que l'affaire fut gérée par un homme dans lequel il eût confiance. Eh bien ! il a été privé de cette garantie ; on a substitué à son fils, dont il connaissait la prudence et l'économie, un homme qui n'a pas sa confiance, qui a géré d'autres entreprises avec peu de succès, et qui a débuté dans celle-ci de manière à inspirer les plus justes inquiétudes. Qu'on ne dise pas, pour repousser ce maintien, que les sieurs Bejot ont autant d'intérêt que M. Revel à ce que l'affaire soit bien conduite. La différence est énorme. M. Revel, qui a conservé une partie de son prix en actions de jouissance, ne sera intégralement payé qu'autant que l'affaire donnera des bénéfices suffisans. MM. Bejot, au contraire, n'ont pas besoin que l'opération donne des profits pour rentrer dans leurs avances.

Il y a donc eu contravention formelle au traité, et partant il y a déchéance du droit d'en demander l'exécution. Mais on reconnaît encore, dans cette partie de l'affaire, l'esprit qui a déterminé les actes signalés plus haut.

Le sieur Revel fils n'avait qu'une idée vague de ce que son père avait projeté pour lui ; le sieur Bejot le fait venir à Paris à l'insu de son père ; il lui remet le 1er août une demande de démission qui était datée du 20 juillet ; il dicte et corrige le projet de cette démission.

Cet arrangement ne privait pas seulement le sieur Revel fils, sans compensation, des avantages stipulés à son profit ; il le compromettait encore de la manière la plus évidente. en le laissant à découvert pour les engagemens qu'il avait contractés. On abusa de sa confiance au point de lui faire souscrire comme gérant des actions antidatées, après lui avoir ôté la gestion.

Une foule d'autres circonstances viendraient, au besoin, démontrer la nullité de tout ce qui s'est fait. Bornons-nous à en indiquer quelques-unes.

L'art 44 du Code de commerce porte : « L'extrait des ac» tes de société est signé, pour les actes publics, par les no» taires, et pour les actes sous seings privés, par tous les as» sociés, si la société est en nom collectif, *et par les associés*

» *solidaires ou gérans, si la société est en commandite, soit*
» *qu'elle se divise ou ne se divise pas en actions.*

Dans l'espèce, l'acte était sous seings privés : l'extrait devait donc être signé par les associés solidaires ou gérans. Or, il ne l'a été que par le notaire dans les minutes duquel l'acte avait été déposé. *Il n'y a donc pas eu de publication, et l'acte supposé valable dans son principe serait frappé de nullité, aux termes de l'art. 42, dont les art. 43 et 44 ne sont que le développement.*

Il n'y a pas, en effet, moyen de soutenir que les actes sous seings privés deviennent publics., ou, ce qui est ici la même chose, authentiques, par cela seul qu'ils ont été déposés chez un notaire. Il est vrai seulement que si tous les signataires avaient concouru au dépôt, l'acte constatant ce dépôt semblerait être une répétition de l'autre et conférer au notaire le droit de signer l'extrait. C'est ce qu'a jugé un arrêt de Bruxelles, du 16 février 1830, rapporté dans Dalloz, t. 33, 2ᵉ part., p. 167. Mais de tous les signataires du projet de société, un seul, le sieur Edmond Bejot, a figuré dans l'acte de dépôt. L'exception admise par l'arrêt de Bruxelles ne saurait donc être appliquée dans la cause.

A ne consulter que la bonne foi, il est évident que l'on ne pouvait pas retirer la gestion à **M. Revel fils**, sans en donner avis à son père; que l'on pouvait moins encore, sans avoir consulté ce dernier, confier à une autre personne la gestion d'une affaire qui l'intéressait si éminemment; mais toute considération d'équité à part, il était écrit dans l'art. 21 du projet, *qu'en cas de retraite du gérant, par suite de maladie ou autrement, on devait convoquer tous les actionnaires indistinc-*

tement, pour agréer le successeur. Or, rien de tout cela n'a été fait respectivement à M. Revel, qui n'a été appelé à aucune des délibérations prises à Paris.

Il paraît que dans le système de ses adversaires il ne devait pas être appelé aux réunions, parce qu'il n'avait que des actions de jouissance. On ne trouve rien dans le projet qui autorise cette distinction. Quoique M. Revel ne pût rien réclamer dans les produits qu'après le remboursement des actions de fondation, il avait un intérêt positif et actuel pour prendre part aux délibérations, puisque le bénéfice dans lequel il avait une part devait être d'autant plus grand que l'opération serait mieux gérée. D'un autre côté, *il était bien actionnaire puisqu'il avait des actions*, et les parties ont si bien eu l'intention de proscrire la distinction invoquée depuis, qu'elles ont stipulé *que tous les actionnaires indistinctement* seraient appelés aux délibérations relatives au remplacement du gérant.

Une autre considération qu'on ne développera pas, mais qui frappe au premier coup-d'œil, c'est que depuis l'intervention du sieur de Béchenec dans l'affaire, l'objet de l'opération semble, sinon tout-à-fait changé, du moins complètement modifié. On veut manifestement donner à cette opération une extension que les parties n'avaient pas primitivement en vue, et à laquelle M. Revel aurait le droit de se refuser, lors même qu'il ne serait pas aussi vraisemblable que l'on s'est concerté pour s'enrichir à ses dépens.

D'après cette réunion de circonstances, il semble absolument impossible que M. Revel n'obtienne pas justice *de la coalition formée contre lui*. Ses adversaires eux-mêmes ne doivent pas se dissimuler que leurs prétentions sont aussi contraires au droit rigoureux qu'à l'équité; on trouve même une trace de cette idée dans leurs premiers agissemens au procès.

En effet, lorsque dans la fin d'octobre dernier, le sieur de Béchenec fut cité devant le juge de paix de Belle-Ile, il avait au titre de gérant le même droit qu'aujourd'hui, puisque les délibérations en vertu desquelles il y prétend étaient déjà prises. La dernière est du 18 *octobre*, et la comparution à Belle-Isle n'a eu lieu que *le* 28 *du même mois*. Or, au moment de cette comparution, le sieur de Béchenec *ne prit pas la qualité de gérant*; il déclara, au contraire, qu'il agissait « *en vertu d'un mandat qui lui avait été donné, à Paris, par* » *M. Bejot, et finit par demander un délai pour appeler ses* » *mandans.* » Ce n'est qu'à l'audience du 23 novembre suivant *qu'il prit, pour la première fois, le titre de gérant.*

Saint-Brieuc, 21 octobre 1838.

Signé AULANIER.

Nº 2.

Extrait du journal la Phalange, *du* 1er *avril* 1839.

Nos lecteurs se rappelleront sans doute qu'à plusieurs reprises nous avons engagé les écrivains de la presse industrielle à étudier à fond la question si compliquée des sociétés en commandite; nous voyons avec plaisir que notre voix a été entendue. Nous allons reproduire presqu'en entier un article de l'*Egide*, dans lequel la position de gérant et celle des actionnaires est parfaitement exposée. Cette appréciation, faite au point de vue de la législation existante, est la meilleur preuve que nous puissions donner de la nécessité qu'il y a de réformer les lois qui régissent actuellement la matière.

« Le gérant doit être libre dans sa gestion ; sa liberté est la
» première de ses attributions. Mais quelle est cette liberté ?
» Est-ce la liberté du propriétaire qui peut user à son gré de
» sa chose, la donner, la dénaturer, l'aliéner ? Non, telle
» n'est pas la liberté d'un gérant. Cette liberté est plus res-
» treinte ; elle s'exerce dans les limites que la loi et le con-
» trat lui ont tracées : c'est la liberté d'un administrateur et
» non d'un propriétaire. Ainsi, le gérant est libre de faire
» tous les actes d'administration qu'il juge convenables, et
» nul ne peut l'obliger à faire ceux qu'il désapprouve ; mais
» les actes de propriété lui sont interdits ; et si on veut sa-
» voir ce qui distingue ces deux sortes d'actes, c'est d'abord
» le bon sens qui l'indique, l'usage qui l'apprend, et, en cas
» de difficultés, c'est la doctrine et la jurisprudence qui dé-
» cident. Dans tous les cas, un gérant qui veut rester dans
» les limites de ses attributions, doit apporter de la circon-
» spection dans l'exercice de sa gestion ; il doit se souvenir
» qu'il n'est point propriétaire, mais seulement administra-
» teur ; qu'en vain il voudrait colorer du motif ou du prétexte
» de l'intérêt commun un acte exorbitant de la gérance ; que
» les commanditaires pourraient en rejeter sur lui seul la
» responsabilité, et le forcer à la restitution avec des pé-
» nalités.

» Il faut préciser nos idées : un propriétaire peut donner
» sa chose, un gérant ne le peut pas ; un propriétaire peut
» la vendre ; le gérant le peut-il ? Pas davantage. Le gérant
» vend les produits de l'entreprise ; mais le bon sens suffit
» pour apprendre qu'il ne peut aliéner l'entreprise même.
» L'objet de l'entreprise est spécifié dans l'acte de société. Le
» gérant peut et doit faire ce qui rentre dans cet objet ; mais
» tout ce qui y est étranger lui est interdit. Voici une mine
» de charbon qui appartient à une société en commandite.
» Quel a été l'objet des sociétaires ? L'extraction et la vente
» du charbon dans l'intérêt commun. Que doit faire le gé-
» rant ? Extraire et vendre du charbon. S'il vend la mine, il
» fait ce qui est étranger à l'objet de l'entreprise, il dépasse
» ses attributions, et devient responsable vis-à-vis de ses asso-
» ciés de toutes les conséquences de cette action illicite, sans
» compter que la vente serait nulle, puisqu'il n'est pas pro-
» priétaire. Allons plus loin. Le gérant ajoute à la première
» exploitation une exploitation nouvelle ; à côté de la mine
» il élève une forge ; il fait ce qui est étranger à l'objet de
» l'entreprise ; il fait acte de propriétaire et non d'adminis-
» trateur. Les actionnaires peuvent lui dire : Vous avez dé-
» passé vos attributions ; nous vous avions confié nos capi-
» taux pour l'exploitation d'une houillière ; nous vous les
» aurions refusés pour l'exploitation d'une forge. Vous avez dé-
» tourné nos fonds de la destination à laquelle vous vous étiez
» engagé à les employer ; vous avez violé le contrat qui existait
» entre nous ; vous êtes responsable : rendez-nous notre ar-
» gent et indemnisez-nous de tous les bénéfices que la mine
» nous aurait donnés et que la forge nous a fait perdre. Il

» n'y a pas de perte, il y a bénéfice ! Il y a des dividendes à
» distribuer? Eh bien ! n'importe, les dividendes seraient
» doubles sans la forge; c'est la forge qui a absorbé une partie
» des bénéfices de la mine, et nous allons vous faire un pro-
» cès pour vous forcer à nous indemniser pour le surplus des
» bénéfices qui devaient nous revenir, et pour vous dépouiller
» d'une administration que vous conduisez si mal.

» Le plus souvent il arrive, quand les gérans croient une
» mesure utile à l'intérêt de la société , qu'ils la proposent à
» l'approbation des actionnaires réunis en assemblée géné-
» rale, et qu'ils croient leur responsabilité à couvert lorsque
» la mesure a été approuvée par la majorité de l'assemblée.
» La minorité des actionnaires opposans est-elle liée par la
» décision de la majorité? La responsabilité du gérant est-
» elle à couvert vis-à-vis d'eux et vis-à-vis des tiers? La ma-
» jorité n'a-t-elle pas contrevenu aux prescriptions de la loi
» et du contrat, et ne s'est-elle pas immiscée dans la ges-
» tion? Questions graves et épineuses , auxquelles n'ont sou-
» vent pas réfléchi les gérans qui proposent, ni les majorités
» qui délibèrent et approuvent, et sur lesquelles il importe
» d'appeler la réflexion des uns et des autres. Qu'on nous
» permette d'en dire quelques mots.

» En principe, les actionnaires ne sont que bailleurs de
» fonds. La loi ne leur attribue pas le droit de délibérer et
» d'approuver ; encore moins donne-t-elle à la majorité le
» pouvoir d'obliger la minorité. Lors donc qu'au mépris de
» la loi et dans le silence des statuts sociaux, s'il n'est rien
» prévu à cet égard, les actionnaires prennent une décision,
» cette décision est radicalement nulle. La minorité n'est

» point engagée par elle ; la responsabilité du gérant demeure
» entière à son égard ; et si cette mesure a eu pour effet de
» compromettre l'entreprise, la minorité peut se faire in-
« demniser par le gérant et par la majorité ; car la délibé-
» ration de la majorité est un fait d'immixtion qui la rend
» responsable comme le gérant lui-même, et non seule-
» ment vis-à-vis de la minorité, mais encore vis-à-vis des
» tiers.

» Mais aujourd'hui la plupart des actes de société renfer-
» ment une clause relative à cet objet. Les termes de la clause
» varient. Quelquefois ils portent que les actionnaires réunis
» en assemblée générale, pourront faire aux statuts sociaux
» tous changemens et autoriser telle mesure qu'ils jugeront
» profitables à la société ; d'autres fois les termes sont moins
» généraux et ne s'appliquent qu'à des modifications. On
» conçoit que les termes de cette clause sont fort importans,
» et qu'il faut en bien peser toute la portée avant de rien
» décider. Toutefois, si généraux que soient les termes de
» cette clause, ils n'autorisent pas la majorité de l'assemblée
» à faire des changemens essentiels, à dénaturer l'entreprise,
» à changer sa nature et son objet. Qu'on lise toutes les
» formes d'actes qui se sont passés dans ces dernières années,
» et on verra que les termes de la clause dont nous parlons
» s'appliquent toujours à des changemens à faire à l'entre-
» prise ; mais qu'il est bien évident que l'entreprise doit res-
» ter la même au fond. Cette clause n'est, en réalité, qu'une
» précaution surabondante pour autoriser un acte d'admi-
» nistration, et non un acte de propriété ; de telle sorte que
» s'il s'agissait de vendre le fond social, ou d'autoriser toute

» autre mesure qui serait un acte de propriété, elle ne don-
» nerait pas à la majorité le droit de rien décider à cet égard,
» au mépris de l'opposition de la minorité ; et la raison en
» est simple : qui est propriétaire? La société, et non la ma-
» jorité ; donc le consentement de tous les intéressés est né-
» cessaire. Les membres de la société n'ont pas pu se dépouil-
» de ce droit ; s'ils l'avaient pu, ils ne feraient plus partie de
» la société. Ainsi même, alors que l'acte social donne à la
» majorité des actionnaires le droit de prendre(toute décision
» qu'elle jugera convenable, elle ne l'autorise pas à changer
» l'objet principal de la société, à construire une forge à
» côté de la mine qui ferait l'objet de la société ; à assurer
» les risques de mer, si la société avait pour objet d'assurer
» contre l'incendie ; et si néanmoins la majorité autorise et
» le gérant exécute ces changemens essentiels, radicaux, ces
» actes de pleine propriété, la minorité a le droit de dire au
» gérant : Vous avez violé le contrat qui vous liait à notre
» égard ; à la majorité : vous vous êtes immiscée dans la ges-
» tion ; vous êtes responsable, restituez-nous.

« A quoi donc se réduit le droit donné par l'acte social, à
» la majorité, d'autoriser des changemens? Ce droit se ré-
» duit à autoriser des actes extraordinaires d'administration ;
» et cela est d'autant moins contradictoire, que le plus sou-
» vent l'action de la gérance se trouve déterminée par l'acte
» social ;

« Que si la clause ne parle que de modification, alors on
» le comprend ; le droit des majorités est encore plus limité,
» et ne s'applique qu'à des actes d'une moindre gravité. Dans
» ce cas, la majorité qui autorise un acte important d'admi-

» nistration, dépasse les bornes du droit qui lui a été con-
» cédé ; son autorisation est nulle ; elle ne couvre pas la res-
» ponsabilité du gérant ; elle engage la responsabilité de la
» majorité vis-à-vis de la minorité et vis-à-vis des tiers.
» Ainsi, pour citer un exemple que nous avons déjà men-
» tionné dans cette feuille : Lorsque la majorité des action-
» naires de la Société de l'Acier fusible a autorisé les gérans
» à souscrire des billets, elle a pris une décision qui ne sau-
» rait lier la minorité, même si l'acte primitif avait con-
» tenu la clause que la majorité pourrait autoriser des mo-
» difications, car une telle faculté est un fait de la plus
» haute gravité ; son introduction dans l'acte primitif est un
» changement et non pas une modification. A plus forte rai-
» son, à l'absence d'une pareille clause, la décision de la
» majorité des actionnaires de la Société de l'Acier fusible
» est-elle entachée de nullité ; elle n'oblige pas la minorité ;
» elle expose la majorité à une responsabilité sans limite,
» car sa décision, si elle est illégale, n'est qu'un fait d'im-
» mixtion.

» Toutes ces question sont extrêmement délicates. On sait
» d'ailleurs que les arbitres les décideraient plutôt en équité
» que dans la rigueur du droit. Toutefois, les arbitres sont
» bien obligés de se conformer à la loi, et comme les déve-
» loppemens dans lesquels nous venons d'entrer ne sont que
» les développemens de la loi même, il ne faut pas douter
» que les difficultés dont nous venons de parler, si elles
» étaient portées en justice, devraient y trouver la solution
» que nous avons donnée nous-mêmes. Au reste, nous aurons
» à y revenir.»